〖中华诗词存稿·名家专辑〗

中华诗词学会 编

岁月拾韵

张岳琦 著

张昕 评注

中国书籍出版社
China Book Press

图书在版编目（CIP）数据

岁月拾韵 / 张岳琦著 . —— 北京：中国书籍出版社，
2019.12

（中华诗词存稿）

ISBN 978-7-5068-7718-3

Ⅰ . ①岁… Ⅱ . ①张… Ⅲ . ①诗词—作品集—中国—
当代 Ⅳ . ① I227

中国版本图书馆 CIP 数据核字 (2019) 第 291596 号

岁月拾韵

张岳琦 著

责任编辑	朱琳	
责任印制	孙马飞　马　芝	
封面设计	采薇阁	
出版发行	中国书籍出版社	
地　　址	北京市丰台区三路居路 97 号（邮编：100073）	
电　　话	（010）52257143（总编室）（010）52257140（发行部）	
电子邮箱	eo@chinabp.com.cn	
经　　销	全国新华书店	
印　　刷	北京虎彩文化传播有限公司	
开　　本	710 毫米 ×1000 毫米 1/16	
字　　数	200 千字	
印　　张	12.5	
版　　次	2019 年 12 月第 1 版　2019 年 12 月第 1 次印刷	
书　　号	ISBN 978-7-5068-7718-3	
定　　价	198.00 元	

作者简介

　　张岳琦，1938年生，山东枣庄人，1960年加入中国共产党。历任黑龙江省委办公室秘书辽宁省委办公厅副主任广东省委秘书长、常委，中共中央办公厅副主任，吉林省副省长，吉林省委副书记，吉林省政协主席。2003年任全国政协提案委员会副主任。中华诗词学会顾问，长白山诗社社长。20世纪八十年代以来，在省和国家级报刊发表诗词作品数百首，并有专著《诗词格律简捷入门》（文史出版社出版）。

总　序

　　我们这个诗歌大国有一个很好的传统，历来注重"采诗"、搜集整理诗歌材料。作为唯一的全国性诗词组织的中华诗词学会，自 1987 年 5 月成立以来，就十分重视这项工作。学会每年的学术研讨会和历届"华夏诗词奖"，都出版论文集和获奖作品集。纪念学会成立二十年、三十年时，还专门编辑出版了《大事记》《论文选集》《诗词选集》。《中华诗词》创刊以来，每年都制作年度合订本。2007 年 5 月，在北京天识东方文化艺术传播有限公司的资助下，以近代以来诗词创作、诗词理论、诗词运动重要文献汇编，当代名家个人作品专集等为主要内容，出版了《中华诗词文库》。经过十来年的编辑整理，已经出了近百卷。这些诗集、文集的出版，记录了近百年来尤其是改革开放四十多年来，中华诗词从起步、复苏走向复兴的砥砺前行的历程，为近、当代诗歌史的撰写准备了丰富的资料。

　　党的十八大以来，中华民族优秀传统文化重新受到应有的重视。习近平总书记《念奴娇·追思焦裕禄》词和《军民情》七律的相继发表，引领中华大地诗潮滚滚而来。《中共中央关于繁荣发展社会主义文艺的意见》和中办、国办《关于实施中华优秀传统文化传承发展工程的意见》，都明确提出"加强对中华诗词、音乐舞蹈、书法绘画、曲艺杂技和历史文化纪录片、动画片、出版物等的扶持。"国家教育部组织制定由中华诗词学会起草的新中国语言体系中的新韵书《中华通韵》已经通过国家语言文字工作委员会语言文字规范标准审定委员会审定，即将颁布全国试行。这些都使我们真切地感受到，中华诗词的春天真的到来了。诗人们乘着骀荡春风，正以高昂的激情，书写着中华民族伟大复兴的新时代、新史诗，国家富强、民族振兴、人民幸福的中国梦；正以与人民同呼吸、共命运的诗人之心，对人民的欢乐、人民的忧患、人民的情怀给以诗意的表达；正以"美"或"刺"的诗人之笔，对市场经济大潮中人民对幸福生活的期待，对美好未来的希望，对假丑恶的深恶痛绝，或给以方向，或给以赞美，或给以鞭挞。正如习近平总书记所指出的："好的文艺作品就应该像蓝天上的阳光、春季里的清风一样，能够启迪思想、温润心灵、陶冶人生，能够扫除颓废萎靡之风。"

当前，传统诗词创作者和诗词爱好者队伍发展迅速，已超过三百万。每天创作的诗词作品超过唐诗、宋词、元曲的总和。诗词评论研究队伍也成长很快，诗词评论、诗词学、诗词创作理论研究成果丰硕。如何从浩如烟海的诗词作品中"淘"出优秀作品，并使之存下来、传下去，如何使诗词研究理论成果"面世"并发挥应有的指导作用，确实是摆在我们面前的无可回避的一个重要课题。中华诗词学会是一个没有国家编制，没有国家拨款的社会团体，事业的运转主要靠社会赞助和会员费支撑。俊识（北京）文化传媒有限公司总经理吕梁松、北京采薇阁总经理王强，两位一直是对中华传统文化情有独钟的热心人，慷慨解囊，愿意同中华诗词学会一起，搜集整理编辑推出《中华诗词存稿》这套书，共同为中华诗词文化的继承和发展，做成这件十分有意义的事情。

　　《中华诗词存稿》主要搜集整理出版三部分内容的资料:一是当代诗词名家的个人作品集;二是当代诗词评论家、诗词学者的学术著作集;三是当代诗词作品、诗词理论学术成果阶段性、专题性、地域性的集成类作品集。诗词作品强调精品意识,沙里淘金,把"有筋骨、有道德、有温度"的优秀诗词作品搜集起来。诗词评论、研究类资料强调理论性和创新性,应具有鲜明的个性特点,具有创建性的见解。集成类的资料应有一定的史料保存价值。总之,做成一套具有当代价值和历史意义的好书。在此,我们编委会人员,向提供资料、筛选编辑、版面设计、校对勘误,包括所有为这套资料付出辛勤劳动的同志们,表示真诚的谢意!

郑欣淼
二〇一九年七月于北京

自　序

　　这里收集的是我多年诗词作品的一部分，主要是格律诗词，也有少量新诗。

　　我一向认为，唐宋以来形成的格律诗词和"五四"以后出现的新诗各有各的美，都有精品佳作，它们任何一种都不应被排斥和否定。也有人主张诗词不必遵守格律，可以不讲用韵，不讲平仄。这也不能说不可以。新诗在这方面已经完全自由，还有什么形式不可以突破呢？不过，那应该算另一个文学品种，例如有人把它叫作仿古诗，不应等同于传统的格律诗词。

　　我和张昕合著的《诗词格律简捷入门》二次再版后，有读者来信，说书中固然把格律讲透了，但不知作者本人是否按格律写诗填词？我想说，我的诗词都是按格律要求写的。这本诗集也能说明这一点。

　　按照格律、诗韵、词韵来写作，当然会受些束缚。我想，人们的各种活动都要受规则的束缚。书法、绘画、下棋、打球，各有各的规则。每种活动的爱好者并不认为无规则才好，反而为规则的魅力所吸引而乐此不疲。严格讲，任何语言也都会对思想表达产生特有的束缚。中文、外文各有自己的语法修辞规则。使用某种语言，就要遵守它的规则，受它的束缚，也因此才能够体会到它独特的美和表达力。我觉得，诗词格律也是这样。

格律属于形式的范畴，好的诗词更在于内容和形式的统一。人们都知道，文学作品的内容应当有积极的社会意义和高尚的情操。具体说到诗词，我最欣赏那种景、情、理兼备的作品。或者写出具有典型性的美的事物，或者表达出某种真挚的情感，或者说出发人思考的深刻道理。一首诗词能把三者天衣无缝地融会在一起当然最佳，至少具备其一。这不容易做到，但一直是我追求的境界。

目　　录

记忆

峥嵘往事去如烟，
回首朦胧尽缈然。
说与旁人浑不解，
存留点滴纪华年。

（一九八三年三月十八日）

【评注】

　　我是作者许多诗词的第一读者，特别是那些没发表过的作品。读后我常问写作的背景和想法，他都向我详细说明。我也作了记录。这使我有条件写这个评注。从这第一首诗看出，作者大多诗词的写作初衷不是发表，也不是为了完成什么任务，只是想记下一点峥嵘岁月里的往事和偶然产生的灵感，想到就写。因此，本诗集中的作品是按时间排序的，这样或许更能反映不同时间的心绪。第三句套用了宋人的诗。

仲秋夜

夜深开户望婵娟，

万里无云月满园。

阵觉幽香花喜放，

时闻啼唤鸟惊喧。

迢迢银汉几经渡，

点点疏星寂不言。

暂把尘嚣置身外，

广寒神往桂英繁。

(一九八三年九月二十七日)

【评注】

　　这首诗是作者在广东工作时写的。用"元韵"。第七句在格律上用的是变格。"月满园"是说月光洒满庭园，反映当时的环境。"鸟惊喧"是巧借一首广东音乐的曲名描写月夜即景。诗的前半首写人间，后半首写神游宇宙和月宫。

览南昆山胜景

昆仑移岭南，日止此山前。

绝嶂悬飞瀑，清溪鸣玉弦。

时时花扑面，处处树参天。

建设添新业，农家貌焕然。

(一九八三年十二月十一日)

【评注】

南昆山在广州东北方向龙门县境内。山名使人联想到它似乎是岭南的昆仑山。北回归线从这里经过，所以太阳的垂直照射线到这里为止，然后就返回赤道方向。

访山区专业户

篱外山桃早放花，密林深处有人家。
犬惊生客追车吠，鸡觅蛾虫呼伴哗。
稻米归仓满为患，柑橙遍野绿无涯。
休云僻壤人穷苦，幸福而今交口夸。

（一九八三年十二月十一日）

【评注】

诗中反映的是改革开放初期广东山区的情况。

秋园偶感

风吹落叶去如潮，月季霜中愈显娇。
往事思驰轻且远，苍旻极目净而高。

（一九八七年九月六日）

【评注】

写这首诗时，作者正在中央党校学习。接到通知，工作将有调动。

一切

一切的一切，
毫无例外——
骄人的繁华，凄凉的衰败，
胜利的狂喜，失败的悲哀……
一切都会成为过去，
一切都在奔向未来。

一切得意之事，可能隐藏着祸根，
一切不幸，也许意味着福庆。
一切追求，实现了也就平庸，
一切危机，过后再看并不那么严重。

一切富贵者，总有经常的不安，
一切贫困者，也时有快乐的瞬间。
一切显赫，对欣羡者才有诱惑，
一切恬澹，对自安者不为缺憾。

一切善行总离不开苦痛，
一切邪恶却常伴随得逞。
一切文化都适合它的人民
（无论科学还是愚蠢）；
一切变革都有客观推动
（无论失败还是成功）；
一切退却都有历史背景

（无论被迫还是主动）。

一切现实的都是合理的，

存在本身就是说明。

一切都充满希望，

一切都令人遗憾。

一切在按规律发展，

一切极其混乱。

一切都要认真对待，

一切都不必过于期盼。

一切热力在趋于耗散，

一切冲动终归于平淡。

一切在宇宙间是那么渺小，

一切在永恒中是那么短暂。

（一九九〇年七月二十七日）

【评注】

　　作者也写新诗，后面还有几首。特点是兴之所至而成，含有哲理。"一切现实的都是合理的"是黑格尔的话，恩格斯对此论点有许多评论。"一切热力在趋于耗散"是软科学"耗散结构论"的观点。

在吉林博物馆看陨石

遨游宇宙亿千年，

无际无涯无挂牵。

万劫历经寒与火，

一身铸就劲而坚。

太空渺渺何终始，

人事区区属偶然。

呼啸燃烧飞碧落，

奇光异彩照坤乾。

（一九九〇年十一月九日）

【评注】

此诗写一颗陨石在宇宙遨游的历程和最后陨落地球的瞬间。"太空渺渺何终始，人事区区属偶然。"是叹宇宙无始无终、无边无际，相形之下，人世间的事都像是偶然的小事。有所感慨。

春信

古城杨柳耐霜寒，

默默空枝向暮天。

隐见枯条微透绿，

望春苦候又经年。

（一九九一年三月七日）

【评注】

"望春苦候"，不仅是树木，人生有时也有类似的感受。

三月

三月春城未见春，
晴阳当午亦无温。
雪残渐化寒犹烈，
踽踽风中欲断魂。

（一九九一年三月十三日）

【评注】
这时作者在长春工作。诗里写的是当地残春景象和当时的心境。

雪晨

夜来飞雪寂无音，
推户惊看世界新。
枯木俨然成玉树，
条条巷陌尽绝尘。

（一九九一年三月十九日）

霜林

霜林默默仍如旧，
人事茫茫已半非。
突变风云尽成昨，
恍如隔世讶重归。

（一九九一年十月十一日）

【评注】

经过风雨，忽然重访旧地，发现物是人非，那是一种特别的感觉。

漓江

碧山秀水雨丝丝，
薄雾轻烟婉婉姿。
如梦如诗自流去，
浮沉激荡不须知。

（一九九一年十一月七日）

【评注】

视景如人，写当时心境。第三句，通常应是"仄仄平平平仄仄"（第一、三、五字可仄可平），此处用了变格："仄仄平平仄平仄"。按格律是允许的，而且常见。

临江仙·游旧地

　　犹忆海棠繁似锦，春波碧树微风。岛亭闲步叶香浓。归鸦噪日暮，勤奋夜灯红。　　突变风云来似梦，回看往事迷蒙。盛衰常系偶然中。沧桑多少事，岁月去匆匆。

（一九九二年一月八日）

【评注】

　　《临江仙》是起于唐朝的一个词牌，宋时李清照又名之为《庭院深深》。有多种体例，此为常用的一种，分上、下两阕。这首词的上阕是回忆当年"旧地"的景物和加班加点工作的情形。下阕是一些感慨。

春节临近有感

边城飞雪冷，
风叫似悲歌。
劳碌尽馀力，
知闻靠电波。
激情逐日少，
老病越年多。
忽报新春至，
红棉开几何。

（一九九二年一月二十四日）

【评注】

这首五律是写作者只身在"边城"工作，春节临近时独自一人生活的感受。过去有许多文件可看，现在"知闻靠电波"，主要靠听广播了解情况。最后一句是说作者从前住过的地方木棉树的红花开得很早，此时遥想那远方已经鲜花盛开了。

赏昆明茶花

此地茶花高似树，
红英万朵绽繁枝。
茫茫滇水天高远，
寂寞清宁自得怡。

（一九九二年二月二十日）

秦楼月·飞越东北大地逢雪

千峰雪，川凝水固人踪灭。人踪灭，辽时营寨，女真宫阙。　　琼英漫舞人间洁，古疆默默寒风冽。寒风冽，天时难料，永途须越。

（二〇〇一年二月二十三日）

【评注】

《秦楼月》这个词牌源于李白，又名《忆秦娥》。另外还有一些不常用的名字，如《双荷叶》《碧云深》《忆秦郎》等。词分上、下两阕，宜用入声字押韵。这首词的韵，用的就是词韵第十八部里的入声字。这首词的最后两句"天时难料，永途须越"，讲的是天气和此次行程，但也令人联想到人生旅途的艰辛。

不必有恨

事业未竟，
旅程未完。
坏事难免，
好事难全。

岳飞被害，
贞德遇难，
拿破仑终于战败，
《红楼梦》竟未写完。
……

不必有恨，
缺憾本是历史的装点，
斑驳杂陈方为客观。

谁知道呢，
到达终点也许竟是一片暗淡，
真正完成也许变得可厌。
嘎然而止，
可能正是最好的顶点。

这是生活，

非同梦幻。

是是非非，

一切当如是观。

（一九九二年二月二十八日）

【评注】

这首新诗写的是读史的一些感想，似乎在宽慰完美主义者。

又见桃花

逾冬桃李又萌花，

一震春雷润雨斜。

静处偶闻冰坼裂，

南风渐劲暖千家。

（一九九二年三月二十二日）

【评注】

此诗写春天到来、万物复苏的典型景象。有宏观的，也有微观的。写此诗正是邓小平南巡讲话发表的时候。

忆江南

　　三年后，党校又重来。昔日同窗谁尚在？俗
常无势旧情乖，仍见杏花开。

（一九九二年三月二十七日）

【评注】

　　《忆江南》词牌起于唐，又名《江南好》《梦江南》《望江
南》等。原为单调，宋以后也有双调，上下阕完全相同。这首词
用的是单调，写的是作者两次上中央党校的偶然感触。

午梦

往事如烟，
星星点点，
续续断断，
……
朦胧偶回首，
又见山花烂漫。
流水潺潺。
绰约如仙。

（一九九二年四月十七日）

无论

　　无论多么好的人，仍会有人恨。无论多么坏的人，也有支持者。　　无论多么有本事的人，都有他不解的难题。无论多么强大的人，总有他的对手。

（一九九二年四月二十七日）

雨中

　　雨中玫瑰，垂着头，忍受着艰难。更润丽，最鲜艳。

（一九九二年五月十四日）

雨路秋山

天愁云泣千丝雨，
露染霜涂五彩峦。
犹见野花凄笑美，
人间草木感秋寒。

（一九九二年九月二十四日）

【评注】
　　诗中写的是吉林东部山区初霜后又遇雨的秋景。绿叶、黄叶、红叶妆点山峦，五彩缤纷。情绪有些伤感。

自铭

观风雨，宁静思。

做好事，重友谊。

读黄老，练太极。

淡名利，健身体。

随遇安，顺天时。

思而后言，言求少而中；

谋而后行，行宜稳而果。

谋事在人，不可不谋；

成事在天，不戚不憾。

（一九九二年九月三十日）

游小三峡

陡崖壁立中流急，

时有史遗充解词。

船上拥挤脏又乱，

此行三峡概如兹。

（一九九二年十月二日）

【评注】

诗里说的是1992年的印象：自然风光好，历史遗迹也值得看，但旅游服务条件差。现在已不同。

过宁波溪口

重来越地忙开会，
初到宁波遇雾朦。
大路塞车谁有计？
微躯染病药无功。
蒋居溪口昔今异，
少帅红颜患难同。
游者纷纭谈旧事，
曹娥江上夕阳红。

（一九九二年十月二十五日）

【评注】

　　杭州到宁波当时还没有高速公路，堵车非常严重，作者恰又感冒，旅程不顺。历史上蒋介石曾把少帅张学良软禁在奉化，西不准过曹娥江。张学良的红颜知己赵四小姐，虽不是妻子，却在他落难后一直陪伴着他，患难与共。

气候

霜寒岁尾最无情，
败叶残花坠满庭。
大树参天任强傲，
朔风一夜尽凋零。

（一九九二年十一月十三日）

【评注】

这里说的只是自然气候，但人们很容易联想到其他现象。诗在写自然现象的时候，融进了思想感悟。

雨后

雨霁晴光好，
虹垂碧落寒。
远山情似隐，
秋水意如澜。

（一九九二年十一月十九日）

【评注】

诗写的是北方秋日景色。有时远山也指眉，秋水也指目。

最

有些话，说说容易，
爱说这些话的人最做不到。
激烈谴责某种坏品行者，
有时是最具有此种品行的人。

（一九九二年十二月十三日）

游蓬莱望海市

蓬山欲到本非难，
仙境原存心意间。
海市蜃楼因妄幻，
万人翘首望洋湾。

（一九九三年五月十三日）

【评注】

诗里讲到一种现象，正因为海市蜃楼是虚幻的，所以那么多人都想看它。

松花湖畔遇雨

松花湖上雨，

烟雾逐风行。

船过两三点，

莺啼四五声。

晓来人竟杳，

昨夜梦犹清。

山远若眉黛，

蹙然如有情。

（一九九三年六月二十四日）

夜宿净月潭

青山展绿到窗前，

野鸟欢鸣入翠峦。

闪烁湖光帆影动，

苍凉钟鼓晚霞残。

（一九九四年八月三十日）

访朝过集安

鸟声幽且婉，
山色绿而蓝。
塞北江南地，
人言数集安。

（一九九四年九月十八日）

妙香山向晚

晚山青又遥，
恋鸟归飞早。
寂静看黄昏，
霞晖情韵好。

（一九九四年九月二十三日）

【评注】

　　妙香山，在朝鲜境内。作者访朝时在此住过。这是一首仄韵五言绝句。也有人不承认仄韵诗是格律诗，但并非公论。

游金刚山三日浦

山闲水静鸟啾啾，

三日浦宜三日游。

驻马岩间标路径，

卧牛岛畔系轻舟。

云边遥指上甘岭，

往事犹思鏖战秋。

历史风云倏然昨，

涛声似叹海仍愁。

（一九九四年九月二十五日）

【评注】

　　三日浦、卧牛岛、上甘岭，都是地名。历史上发生过著名的上甘岭战役。

金刚山乡女

山乡有女美如花，

玉手擎来参水茶。

百姓不煎天下事，

时呈笑靥灿明霞。

（一九九四年九月二十六日）

夜宿长白山上

夜闻湍濑如琴鼓，
时有强风欲毁庐。
晓见峰峦俱裹素，
无垠琼玉没山途。

（一九九四年十月三日）

长白山记胜

白山虽僻远，
胜景在人心。
袅袅美女树，
茫茫原始林。
雪峰千古画，
瀑布万年琴。
不见天池水，
平生一憾深。

（一九九四年十月三日）

【评注】

邓小平到长白山时曾说："如果不看长白山天池，是终生遗憾。"诗中用此意。颔联（第三句、第四句）在格律上用变格，类似"向晚意不适，驱车登古原"的句式。因第四句的第三字用了平声字，所以第三句的第四字也可以用仄声字，就是说，第三句全用仄声字也可以。

过程

病有病程，

战有战程。

万般事物，

各有其程。

其程未尽，

不可止也。

其程既尽，

稍制即止。

（一九九五年二月二十六日）

【评注】
这首和以下两首，是新诗。

南国忆

那春风，

那细雨，

绽开的丛花，

掠过水面的燕子，

……

塞北飞雪中恍然回忆。

（一九九五年二月二十七日）

朦胧

仿佛忘记了
几多童年往事。
梦境似在朦胧中的
某个世界。
阴沉的、模糊的、
遥远的、初始的……
然而是温馨的。

（一九九六年四月十五日）

访滑铁卢城

岂唯胜负论英雄？
滑铁卢城春草萌。
小镇游人今不断，
皆因败者慕其名。

（一九九七年一月二十一日）

【评注】

　　滑铁卢，比利时小城。1815年6月，一生几乎未打过败仗的拿破仑在此战败。借失败者的名字而名扬世界，此城也。

山野遇桃花

细雨微风皱满池，
映春桃李艳参差。
向阳之树花先绽，
山后开迟谢也迟。

（一九九七年四月二十九日）

偶感

苦难兴衰古未休，
江山留与后人愁。
道通青史越千载，
情满红尘泛五洲。

（一九九七年五月二十七日）

【评注】
诗中说，兴亡更替永不停止，只有规律和情感是跨越时空的。形式套用一首宋诗。

淡淡的

　　淡淡的希望，淡淡的惆怅，平平淡淡的时光。　　思淡淡于宁静，情淡淡在深心，智淡淡入风云。

（一九九七年六月二十七日）

青檀赞

　　幽谷悬崖峭壁间，
　　昂然有树乃青檀。
　　安贫忍瘠枝尤劲，
　　裂石穿岩根不残。
　　决以顽强求适应，
　　总能绝处克艰难。
　　经风经雨千年耐，
　　丽影疏疏涧水寒。

（一九九八年二月十七日）

【评注】

　　山东枣庄之山谷中，有青檀树，生于极贫瘠处，甚或破石而出，树龄有千百年者，实乃生命之赞歌。作者感而赋之。

政协会上遇故人

初来政协百思新，

所见熟人多老人。

经验既丰仍有用，

宝刀未老莫封尘。

繁华自是随炎夏，

淡寞弥宜赏晚春。

力壮身强前日事，

尚存阅历与精神。

（一九九八年三月二日）

【评注】

诗写初次进政协的感受。"所见熟人多老人"只是"熟"的感觉。除此之外，政协有很多中青年委员。

六十有感

惊临新岁作耆翁，

回首烟云一瞬中。

黑水白山塞北雪，

红棉碧海岭南风。

与人为善不图报，

做事以诚恒望工。

曾感琼楼高处冷，

沧桑历后愈明通。

（一九九八年三月三日）

【评注】

颔联讲个人经历，讲工作过的地方。颈联讲一直坚持的处世态度。"工"此处取工整、精益求精之意。

春日偶感

花自芳菲草自柔，

冰融雪化百川流。

莫评蝶懒蜂勤事，

物道天成不自由。

（一九九八年三月六日）

【评注】

有西方格言也说过："蜜蜂并不如我们想像的那样忙碌，它们只是无法放慢嗡鸣的频率而已。"

大观园

花倦柳眠风软软，
院闲人静日沉沉。
凝思追往何须叹，
逝去悲欢无处寻。

（一九九八年三月七日）

【评注】

北京有仿《红楼梦》中大观园的宾馆和公园。"两会"期间作者偶访之，当时游人很少。

驰思

经艰越险万千重，
回首迷茫雨与风。
往日峥嵘惊已远，
新诗赋罢意犹浓。

（一九九八年五月三日）

山海关怀古

连山接海古关雄，

未抵清兵气似虹。

嘉定三屠尸遍野，

扬州十日血腥风。

痛心疾首遗民泪，

破釜沉舟志士功。

如若当时不相犯，

中华疆域至斯终。

（一九九八年六月十九日）

【评注】

这首诗说，当年清兵进关引起的民族冲突、民族对立那么尖锐，可现在看来，如果清朝不入主中原，满足于在关外建立自己的国家，腐败衰弱的明朝又绝不可能统一东北，结果中国的疆域也许就到山海关为止了。历史上的许多事，是福是祸，往往要几百年之后才能看清楚。嘉定三屠、扬州十日，都是清军屠城的历史事件。

观京剧《霸王别姬》有感

四面楚歌寒夜深，
拔山盖世倏如尘。
兴亡总觉突然到，
成败原来早有因。

（一九九八年六月二十五日）

【评注】

这是慨叹兴亡的诗，说的是这样一种现象：历史上一些巨大的政治军事集团，一些庞大的国家和王朝，如亚历山大帝国、秦王朝、等，看似强大无比，不可撼动，但却顷刻瓦解，突然解体和灭亡，使人总觉得这一切是突然发生的。其实，深刻的内因、外因早已存在。项羽的失败也算一个例子。"力拔山兮气盖世"，乃项羽自诩。

呼伦贝尔草原之秋

望断秋原遍处花，
天高云远雁行斜。
西风残照无涯际，
信马由缰自有家。

（一九九八年七月三日）

雨后偶感

远山渺渺罩青岚，

珠洒蔷薇蕊暗含。

日少晴明心不适，

夜多风雨梦难酣。

欠圆满事常八九，

可卒读书无二三。

自逝韶光何必叹，

秋云纵目雁飞南。

（一九九八年八月四日）

【评注】

　　晴明，也暗指可以令人愉快的事。颈联用变格。第六句第五字（"无"）用平声，救上句本该用平声而用了仄声的第六字（"八"）。如"南朝四百八十寺，多少楼台烟雨中。"（杜牧）即此格式。这是格律允许的。

一剪梅·抗洪

　　巨浪滔天水似横，一片汪洋，万马奔腾。咆哮汹涌若雷霆，动魄惊心，树倒楼倾。　　千万军民争请缨，死守强防，众志成城。风狂雨暴战难停，化险为夷，奇迹凭生。

（一九九八年八月十八日）

【评注】

　　这首词写的是吉林省百年不遇的那次大洪灾，作者也参与了抗洪。"水似横"，写大江不再顺流，好像忽然横过来了似的，波涛横流，看到洪水时的一种特别感觉。

采桑子

　　一年最是秋光好，云静天澄，水秀风轻，随处山花野鸟鸣。　　人生乐事嘉朋会，相聚山城，都是贤名，更有诗篇壮远行。

（一九九八年九月二十二日）

【评注】

　　《采桑子》，词牌名，有多种格式和别名。这里用的是较常见的一种格式。这是作者赴白山市参加长白山文化研讨会时所作。有一些文化名人出席那次会议。

又见花城

重游故地忆华年，
又值初冬到岭南。
大道条条今更畅，
风光历历旧曾谙。
赋诗苦索有八九，
得句差强无二三。
素喜羊城花似锦，
夜来听雨梦犹酣。

（一九九八年十月四日）

【评注】

　　作者当年调广东工作，赴任时正值初冬。这次是离开十年以后重游旧地。颈联说的是写诗之难，也是说工作和生活，觉得总是努力多，成就少。

记长白山游

红叶如霞耐冷侵，

巧妆长白雾中岑。

喧哗溪水概因浅，

平静天池莫测深。

步入迷茫寻达路，

赋成险句赏知音。

风高雨疾登游倦，

邀友开樽话共斟。

（一九九八年十二月二十六日）

【评注】

　　颔联说，山溪终日喧哗是因为水浅，天池平静是因为它水深莫测。讲的都是长白山的实景，但含义超出实景。

京城三月即事

三月桃花盛若云，
迎风笑展不沾尘。
旧书再读生新意，
老友重逢话故人。
烦闷偷闲玩电脑，
艰难办事费精神。
悄然一夜听春雨，
晓看窗前嫩柳伸。

（一九九九年四月六日）

【评注】

　　当时北京空气的含尘量较大，而红云般的满树桃花却能一尘不染地欢笑着。桃花、嫩柳、春雨，是北京三月常见的景物。读旧书、会老友、玩电脑是惬意的，但所经办之事很艰难。这就是所说的"即事"。

又到京西宾馆

华发添时故苑游，

斜阳依旧落花稠。

几番要会惊全国，

多少名人过此楼。

老树更高枝越榭，

少姝已壮鬓临秋。

闲庭信步难常有，

默默韶光似水流。

（一九九九年六月二十八日）

【评注】

"要会"指重要会议。一些全国性会议，包括历史性的十一届三中全会，都是在这里召开的。许多名人在此住过。作者多年后又来这里，又在宾馆后院散步，发现树长高了，原来年轻的女服务员也变老了，感叹时光如流。

再登长白山

林海远望无际涯，
盘旋险径踏烟霞。
白云深处见青草，
积雪旁边有紫花。
生命顽强凌绝地，
自然奥妙展精华。
罡风犀利巅峰冷，
从善如登苦亦嘉。

（一九九七年七月十九日）

【评注】

作者因工作原因曾多次登长白山，每次感受和观察点有所不同。这首诗着重写了白云缭绕的高山上的片片青草、积雪旁边仍能盛开的紫色野菊，赞生命之顽强。

悼友人

痛君早逝泪双流，

劳碌毕生勤似牛。

已是临危遭病苦，

犹叮保重替人谋。

三分气在千般用，

一旦无常万事休。

功炳哀荣应可慰，

满园硕果正金秋。

（一九九九年九月二十二日）

【评注】

　　作者去看一位病重的友人，病人已经垂危，还反复对作者说，身体最重要，一定要保重啊。此人为他工作的省做了大量开拓性工作，引进了许多建设项目和资金。

忆王孙·昼寐

茫茫何事梦萦魂：天有云霞风有薰，路满芳菲目满春。醒无痕，急雨敲窗暮色昏。

（一九九九年十月二日）

【评注】

词牌《忆王孙》，有人说源自宋李重元，其词中有"萋萋芳草忆王孙"句。这个词牌又名《忆君王》《画娥眉》等，多因名人名句而得。

早雪

飞舞的雪花夹着寒气。行人瑟缩着。成群的落叶仓惶奔跑。　　摇动的杨柳一片金黄，流露出忧伤和惊恐：因为严冬还在后头。

（一九九九年十月四日）

初雪

杨柳未凋飞玉鳞，

青青白白幻耶真？

豪雄谁比初冬雪，

一夜能将万象新。

（一九九九年十月二十七日）

【评注】

杨柳尚绿时下了初雪，造成诗中所说的特殊景观：绿叶上挂着白雪，色彩真正是青青白白。

大雪

飞舞如烟弥大荒，

乾坤一统万山凉。

闭门唯幸茅庐暖，

行路屡惊银雾扬。

勒马蓝关阻韩愈，

映书黑夜济孙康。

人间善感天无意，

千古琼英自在翔。

（一九九九年十二月十三日）

【评注】

诗写的是关外大雪的情景。唐韩愈有句："雪拥蓝关马不前"。孙康是晋人，好学，夜无灯，曾"映雪读书"。作者写诗重视流畅易懂，极少用典。这是例外之一。

回首千年

山中方七日，
银汉仅微旋。
北宋烽烟杳，
西罗事境迁。
王朝频代谢，
贤哲永延传。
千载惊回首，
风雷又一年。

（一九九九年十二月二十九日）

【评注】

一千年，按照传说，在仙山里只不过七天时间（古传"山中方七日，世上已千年"）。按天文学来说，银河只不过稍微旋转了一点点。一千年前，中国正当北宋时期，欧洲正当西罗马帝国时期。

纵观兴衰

艰难世纪叹飘摇，
中国千年仍自豪。
三大发明益世界，
九州文化润周遭。
几经敌乱山河碎，
每使春回日月高。
纵览兴衰须放眼，
新时代里巨龙翱。

（一九九九年十二月二十九日）

【评注】

这首诗说，看一个世纪，中国是屈辱衰弱的；看一千年，中国对世界的贡献仍然是值得自豪的。中国虽然屡经大灾大难，但总能转衰为兴。所以"纵览兴衰须放眼"。

又到从化温泉宾馆

溪在群峰抱里流，

落英飘洒鸟喞啾。

满天夕照知时晚，

震地火山遗水柔。

旧宇门前勾旧忆，

名人居后刻名留。

草虫夜夜吟哦苦，

寒月年年映小楼。

（二〇〇〇年一月十三日）

【评注】

从化的温泉是火山造成的。当时一些宾馆小楼门前的牌子上写着某些在此住过的人的名字。

忆昔

南国隆冬绿未零，

红棉似火映边城。

寒潮难得过梅岭，

温雨常能润卉英。

怀旧概因年渐老，

知新应信脑犹明。

热肠最是故人酒，

笑语如闻往日声。

（二〇〇〇年一月一日）

【评注】

梅岭即大庾岭，位于广东省北界。颔联说的是自然气候，但也使人联想改革开放初期，广东承受的压力和当时广东省领导人任仲夷等坚持和保护改革开放所作的贡献。那时作者正在广东工作。

赴京出席恳谈会

河水粼粼岸柳青，
群贤三月会京城。
春风昨送千丝雨，
桃李今开万树英。
众论纵横抒卓见，
锦诗烂漫绣繁荣。
华园幸喜晴光好，
硕果盈盈赖护耕。

（二〇〇〇年四月二十五日）

【评注】
恳谈会，是中华诗词学会举办的。

飞海南

峡水澄清一望收，

湛蓝空宇幻云楼。

天涯本是飘零叹，

海角今供逸乐游。

素谓蛮荒成宝岛，

"孤悬海外"亦神州。

奇花异草似曾识，

烈日炎炎椰影稠。

（二○○○年六月二十九日）

【评注】

海南岛过去被称为"孤悬海外"的蛮荒之地。天涯海角，历史上曾是被放逐的人飘零的地方。

题东坡书院（二首）

（一）

贬而又贬到儋州，

九死蛮荒无怨尤。

缺食乏衣犹授业，

高徒济济出边陬。

（二）

古木自葱茏，
池荷寂寞红。
东坡归去后，
千载有遗风。

（二〇〇〇年七月一日）

【评注】

海南儋县有东坡书院。历史上苏轼曾先后被贬到黄州、杭州、惠州，最后到儋州（今儋县）。他在极度困苦的条件下仍设学授业，传播中原文化，培养了一批人才。苏东坡有句："九死南荒吾不恨"。

访瑞士

寻常处处似花园，
碧草蓝湖连雪山。
小国寡民无战火，
置身事外胜雄关。

（二〇〇〇年八月三十一日）

【评注】

瑞士于1815年宣布成为永久中立国，并得到各大国承认，从而在欧洲一系列战争和整个第二次世界大战中置身事外。"雄关"，此处泛指军事设施。

偶经日内瓦山村

村落人烟少，
庭居美不华。
峰峰云罩顶，
户户院围花。
绿野疑仙境，
红檐泛晚霞。
斯民何所欲，
富逸本无涯。

（二〇〇〇年八月二十八日）

日内瓦随想

晴空蓝似海，
云朵白如晶。
小小日内瓦，
遥遥天外城。
济人偏有道，
与世却无争。
霸国瑞士化，
全球享太平。

（二〇〇〇年九月一日）

【评注】

以上三首诗是作者随中国红十字会代表团访瑞士时所作。作者曾多次说起，建立红十字会和成为永久中立国是瑞士的创造。这两项创新使作为小国的瑞士获得了国家安全和很高的世界地位。"小小日内瓦，遥遥天外城"，用平仄变格，巧妙工对。

赴深圳出席中华诗词研讨会

南方八月乐同游，
西丽湖边设远谋。
会议如诗诗满会，
秋花似火火盈秋。
参差言论文和野，
颠沛骚人苦与愁。
纷乱到头终有序，
渠成水到不须求。

（二〇〇〇年九月二十六日）

【评注】

会议主题是诗词进入学校课堂。会下交谈中，有人诉说工作和个人的诸多困难。诗意是说，世间问题很多很乱，往往只有到了成熟的时候，才能水到渠成地解决。

玫瑰

俏立南窗笑靥明，

艳光摇曳动心旌。

亦香亦美花无匹，

如嫩如坚刺有情。

晓带稚容沾玉露，

暮迎斜雨润芳英。

朦胧残绪时空远，

每忆芬华锐气生。

（二〇〇一年三月二十二日）

【评注】

作者曾说起，幼学时，窗前有玫瑰一丛，印象深刻，久志不忘。这首诗是偶然回忆之作。据说，花卉美的大多不怎么香，香的大多不怎么美。只有玫瑰（包括月季、蔷薇）又美又香。

访普陀山

银涛拍岸疑钟磬，

巨树参天绕古藤。

每遇奇峰皆寺院，

欲听妙理有高僧。

（二〇〇一年五月十四日）

天台随想

繁花茂树入峰巅，

鸟语啁啾胜管弦。

人得怡情为美景，

诗能陶醉即神仙。

天台有爱传千古，

灵气无涯继万年。

山寺老梅经见广，

国清民裕数今天。

（二〇〇一年五月十六日）

【评注】

作者那次到天台山是为了参加中华诗词学会举办的笔会。天台山以刘晨、阮肇遇仙女之神话而闻名。山上有国清寺，传说隋朝即将统一时有高僧预言"寺成即国清"，因而得名。寺内有老梅树，隋时所植，称"隋梅"。

观严子陵钓台

子陵轶事已朦胧，

无语春江映晚峰。

莫比萧曹能治国，

也非冯邓可称功。

危邦有乱曾归隐，

盛世无求不受封。

士官文人崇雅志，

辄逢坎坷羡渔农。

（二〇〇一年五月十七日）

【评注】

严光，字子陵，是东汉光武帝刘秀的同学，历史上著名的隐士。但史书并未记载他有什么特别才能，更无任何功绩。只是刘秀请他做官他不做，坚持归隐于富春江畔，表现了不慕权位的清高品格。萧何、曹参，西汉贤相。冯异、邓禹，辅佐刘秀打天下的名将。

莫干山遐思

拂云修竹万枝翠，
沐雨山花一片金。
千载莫干说功罪，
百丛别墅寓浮沉。

（二〇〇一年五月十九日）

【评注】

史载春秋时期干将、莫邪夫妇在此铸剑，铸得两柄剑的名字也叫干将、莫邪。其中伴随着恩怨情仇的故事。鲁迅小说《铸剑》概取材于此。莫干山上有许多历史悠久的别墅。绝句也用了对仗。数字、颜色对得自然。

山路行

细雨轻匀润物新，
无边青翠漾芳春。
莽林探到最深处，
始见山花美绝伦。

（二〇〇一年七月二十二日）

山中旅居

溪流日夜笑声哗，
山作屏风云作纱。
推户清新凉扑面，
红尘已远似仙家。

（二〇〇一年七月二十三日）

山间偶感

青山何肃穆，
流水自喧鸣。
淡漠无诗意，
沧桑少激情。

（二〇〇一年七月二十五日）

凭栏望江

晶亮云峰远碧空，
荒江眺望默流东。
绿原舒展接南岸，
人入荒丛细似虫。

（二〇〇一年八月十日）

秋游

晚风萧瑟伴飞霞，
天籁奏鸣虫与蛙。
秋色凄寒凝绿野，
山莓欢笑绽红花。
心无恨意人常泰，
胸有仁思事不邪。
回首崎岖路将尽，
新程又展向天涯。

（二〇〇一年九月九日）

【评注】

　　山莓，指去长白山时路旁的一种山花，当地叫作"扫帚莓"，在秋日凉风中越发开得灿烂。

晚望

秋光澄似水，
馥郁寒花蕊。
莫怅近黄昏，
夕阳无限美。

（二〇〇一年九月十一日）

【评注】

　　这是一首仄韵五言绝句。后两句反用李商隐《登乐游原》诗意。

高处重游

肃穆新妆殿，
粗寒老树身。
忧心天下事，
回首过来人。

（二〇〇一年十月二日）

【评注】
绝句可以不用对仗，用当然也好。此诗用了两联对仗。

月夜

虫声似泣泣无序，
月色如霜霜满天。
尚有东篱花未睡，
暗香飘过小窗前。

（二〇〇一年十月三日）

【评注】
前两句对仗较工，意境表达自然流畅。

沁园春

　　万里东南。孤岛重洋，另样世间。听银涛
拍岸，沉声似吼；椰林摇影，绰约如仙。异树奇
花，旷原绿野，鸟语啁啾疑管弦。经微雨，看
残阳赧醉，空宇澄蓝。　　民风古朴纯憨。使客
觉天涯月亦圆。不伤邻树敌，无须忧惧；与人为
善，长得安全。小国寡民，怡然自乐，胜似争强
逞霸权。今到访，见风和日暖，硕果丰然。

（二〇〇一年十一月十四日）

【评注】

　　《沁园春》词牌，有多种格式，此其一。这首《沁园春》是
作者访斐济时所作。上阕写斐济的自然风光，下阕写到民风和外
交等问题。

访某国有感

　　鱼肥虾嫩海中来，
　　天赐森林不用栽。
　　空有资源难富国，
　　从来兴盛靠人才。

（二〇〇一年十一月十八日）

【评注】

　　一些国家自然资源非常丰富，却不富强；而一些国家自然资源
并不丰富，甚至贫乏，但很发达。此诗要说的是，关键在人才。

旅京遐思

晨雾蒙蒙飞叶旋，

隆冬萧瑟忆当年。

列车拥挤常无座，

旅店凄寒幸省钱。

忍苦忘忧痴发奋，

读书不倦自欣然。

轻风万里来城阙，

回首关山雨似烟。

（二〇〇一年十二月四日）

【评注】

　　诗中回忆当年生活、工作以及出差时的窘境，但那时一读起书来，就不再觉得艰辛。

桃花

明丽柔匀处子容，

春来又见笑东风。

繁英有媚非轻薄，

佳色无瑕是粉红。

下自成蹊得人羡，

上承造化会神聪。

欲从世外寻仙迹，

灼灼其华缥缈中。

（二〇〇一年十二月六日）

【评注】

　　此诗赞美桃花，涉及和联想到：唐崔护诗句"桃花依旧笑春风"，杜甫诗句"轻薄桃花逐水流"，《史记》中说的"桃李不言，下自成蹊"，陶渊明描写的"世外桃源"，《诗经》名句"桃之夭夭，灼灼其华"等。流畅自然而几无用典痕迹。第五句平仄用的是变格。

悼金意庵

雪漫江城万籁宁，

书家墨尽笔长停。

细观遗作神犹在，

回想生平德向馨。

法古创新皆着意，

气清骨润化于形。

百年一瞬从来快，

人去文存业永铭。

（二〇〇二年三月二十一日）

【评注】

金意庵是吉林省及全国著名书法家。书法水平高超，人品高尚，德艺双馨。"江城"，指吉林市，金意庵生前居住的地方。

白城生态旅游节

草原新绿雨纷纷，

欣览查干赏鹤村。

最喜人情淳似酒，

游来无处不销魂。

（二〇〇二年六月十九日）

【评注】

查干，指查干湖。白城又称鹤乡，有鹤的栖息地。

一剪梅

旧院芳梅送晚香，枝越邻墙，笑探书窗。从来美善傲风霜，任雨滂滂，任雪雰雰。　　常惜华章失所藏，卷在何方？词在何方？寻天索地执如狂，生也难忘，死也难忘。

（二〇〇二年六月二十三日）

【评注】

长白山下有位老教师，临终犹憾有几首《一剪梅》未能觅得，说于当时白山市委副书记、市政协主席张福有。张福有从四方同好中终于寻得那几首久已不见的《一剪梅》。作者有感其诚，也作了一首《一剪梅》，忆旧事，并志此事。

桃源忆故人·晚雪

飘然入室黄昏后。潇洒曾游天宙，柔顺竟依巾袖。明丽仍如旧。　　远山秋水茫回首。莫盼人情长厚，休望晶莹持久。雾起看星斗。

（二〇〇二年七月一日）

【评注】

《桃源忆故人》，词牌名，以陆游词定名，另有《醉桃园》《杏花风》等别名。

桃源忆故人·悼陈俊生同志

难忘北国灯前叙。共步乡间尘路，纵论兴亡今古，多少风和雨。　厚仁才俊飘然去，未了竟归何遽？德绩皆留殊誉，永在心中驻。

（二〇〇二年八月二十五日）

【评注】

在黑龙江时，作者曾在陈俊生领导下工作，常一起下乡调研，同住农民家里，相处甚好。后来陈俊生当了国务院秘书长、全国政协常务副主席，仍常来往。

闲步雨后小园

昨日玫瑰何处寻？
夜来急雨扫园林。
好花有憾终凋谢，
啼鸟无知仍唱吟。
该撒手时须撒手，
易伤心事莫伤心。
回眸叶底馀黄蕊，
万绿丛中一点金。

（二〇〇二年八月二十五日）

【评注】

观察雨后小园常见景象，有感而发。

行香子·前郭荷花湖

　　花灿如燃，叶肃如禅。水波动，滚溅银丸。无边荷色，有鸟翩跹，掠忽而东，忽而北，忽而南。　　世态凉炎，生态伤残。叹从来高洁持难。出污不染，唯有青莲。羡此风清，此湖净，此情闲。

　　　　　　　　　　　（二〇〇二年七月二十九日）

【评注】

　　《行香子》，词牌名，也是曲牌名。前郭，即吉林省前郭尔罗斯蒙古族自治县。"南"字宽用，词韵偶可通融。

一剪梅·登楼

　　雨后登楼看夕阳，一带青苍，一片霞光。迎寒月季两三行，依旧昂扬，依旧馨香。　　岁月匆匆路莽荒，春又芬芳，秋又凄凉。有情万物贵坚强，承受创伤，承受风霜。

　　　　　　　　　　　（二〇〇二年九月十二日）

少年游·白兰

窗前一树白兰花，窥户展枝桠。满室清香，满园青翠，晨起映朝霞。　　遥思二十年前事，恍又见奇葩。不显其多，不夸其大，馥郁是菁华。

（二〇〇二年九月十五日）

【评注】

《少年游》，词牌名，首见于晏殊《珠玉集》，又名《玉腊梅枝》《小栏杆》。作者居广州时，住房窗外有高大白兰树，树枝几乎伸进窗内。白兰树花少而稀，芬芳异常。词中回忆了当时的情况。

沁园春·植物园

淡淡秋光，阵阵熏香，缕缕夕阳。正黄花吐艳，绿杨喧响；红枫微醉，兰蕙喷芳。碧落清澄，白云闲静，物我今时竟两忘。人难得，使忧烦暂却，稍透清凉。　　冬来秋去栖遑，总见那花愁蜂蝶忙。叹世间万物，生存不易，风云莫测，时遇殃伤。劫后能生，山前有路，适应艰难即是强。风雨后，看牵牛长蔓，又上篱墙。

（二〇〇二年九月二十一日）

【评注】

题目起初叫"北京植物园"，后改为"植物园"，"适应艰难即是强"一句有哲理，强者就是适应者。《沁园春》属长调词牌，历来平仄掌握较宽。在这首词中，凡字数相等的排句都尽量写成"词对仗"，而且大量运用色彩对，增加了美感。

新西兰海岸风雨即景

雨敲崖岸彻天凉，
潮吼风号暮色苍。
一浪突生奔至灭，
万涛纷涌聚成洋。
飞鸥喜见波如雪，
掠水欢鸣气愈昂。
寂寞两三冲浪汉，
敢同怒海比顽强。

（二〇〇二年十月二十八日）

西江月·新西兰印象

　　多雨多风双岛，重洋重海孤悬。天涯海角碧涛间，僻处其身独善。　　鸟兽几无天敌，山川绝少污残。民风安定少波澜，立国从无外患。

（二〇〇二年十月三十日）

【评注】

　　《西江月》，词牌名，也是曲牌名。新西兰远离各大陆，有北岛和南岛，处处青山绿水，没有毒蛇猛兽，风多雨多而少灾害，建国以来从未遭遇外国入侵。这首词捕捉了这些印象。

踏莎行·观企鹅夜归

　　晨起征洋，夜临返渡，茫茫荒野家何处？蹒跚疾走找亲人，彷徨似失家门路。　　至死双栖，终生一侣，匆匆觅食忙归哺。人间憾事少忠贞，野禽之爱何其固？

（二〇〇二年十一月四日）

【评注】

　　澳大利亚海岸有一处傍晚供游人观企鹅的景点。据讲，企鹅忠于一偶，每日早起出海，远游觅食，夜晚返回，别家不入，在海岸荒山坡上蹒跚寻得自己的家，以鱼食反哺雌小。

春光好·出席十六大有感

　　天如锦，地如茵，菊如金。代表三千人一心，议乾坤。　　　继往开来稳渡，与时俱进创新。华夏复兴开盛世，史无伦。

（二〇〇二年十一月十七日）

【评注】

　　词牌《春光好》起于唐，传唐明皇始作，但原作失传。又名《愁依栏》。五代时用此词牌者较多。作者认为"继往开来稳渡"是十六大的特色，"史无伦"。

二〇〇二岁末偶感

北国雪来早，
天寒夜未眠。
逝时如逝水，
明日即明年。
身退何称勇？
心平始可坚。
眼看春又到，
清气满前川。

（二〇〇二年十二月三十一日）

【评注】

颔联工整巧对。只有在这一天才能这样说。

感冬令

气象无常岁早寒，

迷茫大野望如烟。

北风一夜雪封路，

南陌千条柳挂璇。

实话贬褒人去后，

真情冷暖运来前。

全球变热都言是，

此地冬衣择厚穿。

（二〇〇三年一月九日）

【评注】

　　这首诗说的主要是自然气象，但颈联直接说的是社会现象。人们也常常是在好运到来之前的困窘中才能感受到真情冷暖。尾联说的是，人们都说全球气候变暖，但这里的冬天还是很冷的。

碧桃花

远游已倦思清境，
尚趁馀闲赏碧桃。
美盛红英行谢落，
鲜疏绿叶亦风骚。
所期尽善或非善，
实际虽糟未更糟。
不只缤纷能悦目，
轻香淡影寄高操。

（二〇〇三年三月四日）

【评注】

北京植物园有许多碧桃花，作者观赏有感而作。颈联结合碧
桃花将谢的景象，说了这样一个道理：你所期望的尽善尽美也许
并不那么好；实际现状虽然糟糕，但毕竟还不是更糟。能这样看
问题，是一种心态。

破阵子·京城春雪

　　似喜似忧飞雪，渐飘渐杳天涯。楼外青松披白发，室内红葩衬绿桠。暖寒成反差。　　云卷云舒几度？花开花落谁家？堂上燕来多不识，梦里春归一夜遐。当窗静品茶。

（二〇〇三年三月十四日）

【评注】

　　作者参加新一届全国政协会议，在宾馆里看着窗外飘飞的春雪写成此词，反映当时心境。词牌《破阵子》，起于唐，传为秦王（李世民）所制，当时两千军人伴舞，甚壮观。

采桑子·迎春花

　　辛勤赢得花开早，不负清晨，不负黄昏，枝满金辉笑映云。　　流光未信真难再，岁岁迎春，岁岁如新，过往风霜权砺身。

（二〇〇三年四月二日）

【评注】

　　《采桑子》，词牌名，又有《罗敷媚》等别名。

访故园

来时百感去难忘，
奔泊四方情未央。
每悔书生多自误，
更惊命运铸沧桑。
数年不见佳人老，
一院犹飘丹桂香。
远听涛声沉似叹，
月光又上旧回廊。

（二〇〇三年四月十五日）

【评注】
这里说的"故园"，是作者多年前办公和居住过的一个地方，临江近海。

读史感范蠡

功成名就后，
决绝去朝堂。
西子来相伴，
男儿携与航。
陶朱无宦束，
良贾有丰囊。
犹见遗风在，
越人多巨商。

（二○○三年五月四日）

【评注】

范蠡辅佐越王勾践灭吴，功成后认定勾践为人"可与共患，难与处安"，遂辞官远游，经商而致巨富，称陶朱公。又传说他离越后"载西施，游五湖"。范蠡的故乡相当于现在的河南安阳，但他是在越国成就功业的。颔联巧用借对，"男"谐"南"音。

忆江南

花城好，别去十年余。似火红棉仍美艳，更新人事已生疏。回首路崎岖。　　尤难忘，入粤正当初。学问民风蒙指教，下乡同往出同车。湖岸赏芙蕖。

（二○○三年六月十七日）

【评注】

这首词是作者寄给在广东工作初期的省委秘书长的。车，在此读 ju，鱼韵。

朝中措·打太极拳

练完太极一身松，小院绿阴浓。香起蔷薇兰蕙，风来杨柳梧桐。　　忙须适应，闲须适应，总要从容。双蝶忽过墙去，那边也有芳丛。

（二○○三年六月十七日）

【评注】

《朝中措》也是被使用较多的一个词牌，起于北宋，又名《照江梅》《梅月圆》《芙蓉曲》。

雨后漫步

信步林间径，
油然物我通。
野生花壮美，
荒老树葱茏。
驻足愁风雨，
抬头见彩虹。
忧烦俱放下，
万念一时空。

（二〇〇三年七月四日）

【评注】

颔联说，野生的花，又壮又美（不同于娇美）；无人护理的老树，却很茂盛。

九月查干湖

查干湖上秋光好，

浩渺烟波日月沉。

绿苇丛中游小艇，

红荷叶下戏鸣禽。

水天一线云堆雪，

夕照千条浪闪金。

纵目苍穹追逝影，

征飞雁阵已难寻。

（二○○三年八月二十九日）

【评注】

查干湖在吉林省西部松原市境内，现在已是自然保护区。

山夜雨

入夜山居静，
乌云忽满空。
炸雷轰广野，
闪电裂高穹。
壑隐深而暗，
树惊摇似疯。
小焉人脸色，
震怒看天公。

（二〇〇三年九月八日）

【评注】

由深山夜间的闪电骤雨联想到，人不高兴的脸色还是小意思，老天发脾气才真正可怕呢。

归旅

怀着昨日的心情，
登上飘然旅程。
到远方去，
回北方去。
那里有皑皑白雪、
郁郁青松，
有傍着积雪绽开的紫色野菊，
有澄明的蓝天白云，
有书窗下一丝清冷，
还有因不是热点而保持的
一份宁静。

（二〇〇三年十月二十二日）

泛舟澜沧江

冲开横断出澜沧，

漩急波汹野雾茫。

险似尖峰礁阻路，

声如骤雨浪敲舱。

初疑岸径无通处，

忽见深林有竹房。

烟水临边转回顾，

流连不忍下南洋。

（二○○三年十一月十三日）

【评注】

澜沧江自横断山脉里流出，从云南出中国国境后即称湄公河。

版纳行

西双版纳久知名，
景象亲临仍可惊。
热带雨林蔽天日，
澜沧江水撼边城。
寨民竞展风情美，
邻国相闻鸡犬鸣。
植物园中汇精粹，
希陶为此献平生。

（二○○三年十一月十五日）

【评注】
这里的植物园是中国科学院院士、植物学家蔡希陶先生花多年心血创办的。园里汇集了热带植物的精粹。

忆江南·宿莫干山顶

疑仙境，竹海漫群峰。山似绿涛云淡淡，夜如静水月融融，充耳听秋虫。

（二○○三年九月六日）

西湖联想

风光满两堤，

三岛各奇姿。

且把轻舟泛，

遥随古梦驰。

东坡吟雨后，

西子比名宜。

何地无佳景，

传誉更在诗。

（二〇〇三年九月三日）

【评注】

两堤，指杭州西湖中的苏堤、白堤。三岛，指西湖中的三潭印月岛、湖心岛、阮公墩。颈联意指苏轼诗《饮湖上初晴雨后》，中有名句"欲把西湖比西子，浓妆淡抹总相宜"。

钗头凤·元宵夜烟花

　　闲云散，明月满，烟花更比鲜花绚。三分险，千般艳，辉煌光耀，瞬间消暗。暂，暂，暂。　　心相恋，人相伴，有情不怕时光晚。冲霄焰，声声撼，观花虽美，乐由亲点，敢? 敢，敢!

（二〇〇四年二月七日）

【评注】

　　"乐由亲点"是很普遍的心理。别人燃放的烟花任由你观赏，但还是想自己花钱买来，冒着危险，亲自点放。《钗头凤》词牌起于北宋，又名《折红英》《惜分飞》等。陆游始用此名。

风入松·月夜舞剑

　　月华缓缓上东楼，柔照似清流。银河远淡星偷眼，欲探我、何事心忧？更有疏枝残雪，相邀相看相酬。　　龙泉舞动若龙游，太极在心头。凝神入静除烦念，许多事、一忘方休。剑下有风有雨，心中无患无尤。

（二〇〇四年二月九日）

【评注】

　　古乐府中即有《风入松》曲调，作为词牌，起于唐。又名《远山横》。

气象偶感

京华气象曾留意，
两会年年见杏花。
晚赏明霞金色美，
夜闻窗外吼风沙。

（二〇〇四年三月十日）

【评注】

两会，指每年三月召开的中华人民共和国全国人民代表大会和中国人民政治协商会议。

丽江行

香格里拉源何处？
奇境丽江誉不虚。
溪绕人家古街巷，
日斜府苑木王居。
山容肃穆时飞雪，
水色至清犹有鱼。
心向中原兴远国，
纳西历代重诗书。

（二〇〇四年二月二十七日）

【评注】

据说迪庆、丽江一带，是英国小说描写的香格里拉（世外桃源）的原型。在丽江聚居的纳西族，古来其木氏领袖就提倡学习中原文化，拥护国家统一。纳西族出了很多人才。木王府尚存。在丽江城里可仰见庄严明亮的雪山，山上常飘雪花。古话说"水至清则无鱼"，这里水至清却仍然有鱼，生态环境甚好。

青玉案·宴故人

杯深酒浅春花艳，画堂敞，灯辉淡。彼此相看乌发减。浮沉如梦，流光如闪。语次倾肝胆。　远行曾仗青锋剑，渡水翻山万重险。往事如烟何所憾，几分宽慰，几分伤感。暮雨重门掩。

（二〇〇四年五月九日）

【评注】

《青玉案》词牌名，又名《西湖路》。许多著名词人用过这个词牌，有不少名篇。

卜算子·玉渊潭樱花

灿烂势如霞，花盛全无叶。待到枝头绿叶扶，已届繁华末。　搔首晚风轻，望眼云天阔。短暂花期艳满园，谢后人犹说。

（二〇〇四年四月三日）

【评注】

《卜算子》词牌有多种格式，以苏轼所用为正体。现在这首词用了入声韵，而按现代普通话读起来又自然流畅。做到这一点，要多花一番工夫。

望飞雪

云天不现只朦胧，
渺渺飘飘遍太空。
正叹雪花舞无序，
西风一过尽朝东。

（二〇〇四年四月二十二日）

卜算子·与诗友游净月潭

岁月苦匆匆，碌碌常无用。每向诗中觅月华，虚拟仍溶溶。　　今日沐清风，稍把闲情纵。诗友良辰结伴行，水鸟时鸣送。

（二〇〇四年六月六日）

【评注】
常用"溶溶"形容月色之美。"溶"字平仄两用。

病朦胧

野花三两双，
隐约小南窗。
事去有残忆，
梦来无细庞。
翩然新燕舞，
仿佛旧家邦。
多少朦胧影，
流年似逝江。

（二〇〇四年六月二十六日）

【评注】

作者住院躺在病床昏睡，醒睨窗外，恍然觉得如在梦境中回到旧时，成此诗。

读史兴叹

何止丛林侵伐频，

汗青览后欲沾巾。

风吹秀叶永离树，

雨润骄花暂悦人。

泯绝文明成碳土，

谬狂邪说控寰尘。

印加灭国非关罪，

罗马屠城不论仁。

贤士精忠遭妒害，

权奸荣耀伴终身。

天时屡屡违民意，

佳运常常助恶邻。

奉献恒多恒易怨，

恨仇越大越难伸。

史规虽是无情物，

取义存良心有春。

（二〇〇四年六月二十八日）

【评注】

　　这是一首八韵排律。排律要求除首联和尾联以外都用对仗。此诗写读史的感慨。"史规"是指历史规律。历史，只讲规律，不论善恶，常常还是丛林法则在起作用，诗中提到一些史实。结尾说，虽然历史无情，还是应当坚持正义和善良，这样做至少自己心里会充满春光。

漓江荡舟

漓江景常好，

犹胜画中颜。

澄影澄波水，

多姿多状山。

榕樟迎岸立，

鸥鹭捉鱼还。

回望起舟处，

隐然云雾间。

（二〇〇四年七月九日）

【评注】

针对"好花不常开，好景不常在"的说法，这首诗开头就赞扬"漓江景常好"，一年四季都好。此句在格律上用的是变格，即"平平平仄仄"变为"平平仄平仄"。

故地游

论昨谈今酒上眉，

南行恍若梦中归。

新兴蔬果色香好，

往昔池台面目非。

此去时惊风物易，

别来日久故人稀。

似曾相识窗前月，

夜半轻柔入户帏。

（二〇〇四年七月二十一日）

【评注】

诗中写的是作者有一次重到多年前工作过的广东的情形。

颐和园遐思

竟移军费造林园，
帝后遗踪化梦烟。
万寿老峰还默默，
昆明浅水总涟涟。
花香阵阵欣游地，
蝉噪声声易倦天。
昔日清廷战也败，
颐和留得胜沉船。

（二〇〇四年八月十四日）

【评注】

万寿指万寿山，昆明指昆明湖，都是颐和园中景点。清慈禧挪用海军军费3000万两白银建造了颐和园。不久清王朝在甲午海战中失败。诗的意思说，按照当时清政府的腐败无能状况，即使造了船可能也得被打沉。留下颐和园比留下一些沉船也许还好一点。清朝的病根不在这一件事上。

答疑

纷纭闲杂事，

不管又如何？

姑且随它去，

反而成果多。

（二〇〇四年八月三十一日）

【评注】

关于领导方式，有人问究竟多管好还是少管好？作者以此诗戏答之。

潇湘行思

寻诗飞越洞庭滨，

浸沐曦晖又一晨。

娥女情深屈恨远，

沅湘水碧岳衡春。

清风万里芙蓉国，

文武双兴楚地人。

史事纷纭高莫测，

山川灵气与时新。

（二〇〇四年九月十五日）

【评注】

娥女，指娥皇、女英，舜帝的两个妻子，葬于洞庭湖君山。大诗人屈原投汨罗江殉国。汨罗江在湖南。南岳衡山也在湖南。

张家界游感

名山岂必都亲历，
仍访张家乘大鹏。
雾嶂时藏又时现，
奇峰宜看未宜登。
仰惊好画云中挂，
俯望仙宫海上升。
何处红尘飞不到，
游人百万势方兴。

（二〇〇四年九月十九日）

【评注】

诗中说的是张家界的两条观景路线，一为仰视，一为俯视。这里好多山峰是只能看不能登的。作者用诗的语言概括了游张家界的主要印象。

遇老翁抬滑杆

坐客年轻亦生意，
登高负重奔如风。
我忙让路侧身立，
不为王孙为老翁。

（二〇〇四年九月十九日）

【评注】

老翁抬着坐滑杆的年青人在山路上飞奔。作者为同情老翁而侧身让路，同时认为抬那年青人对老翁来说也是生意（"坐客年轻亦生意"）。如果没人坐，老翁就挣不到钱了。

心境

岂有激情如少年，
微风细雨亦魂牵。
老来闲事多看惯，
雪舞花飞总淡然。

（二〇〇四年十一月十二日）

点绛唇·雪地青草

洌洌风过，叶飞花落虫声默。雪笼池泽，小院多萧索。　　残照西斜，有草仍青茁。坚撑得，酷寒时刻，犹自留春色。

（二〇〇四年十一月十七日）

【评注】

《点绛唇》词牌，起于南北朝时期，别名《南浦月》《沙头雨》等，但别名较少用。《点绛唇》后来又由词牌演变成曲牌，格式有变化，元曲中常用。

八声甘州·青海湖

望天高地阔少人烟，万年雪峰巅。映深蓝湖面，淡青天际，洁白云团。海拔三千米处，血压觉升攀。闻说秋时美，花艳莺喧。　　人罕隆冬来此，得畅观空旷，体味高寒。想戎羌遗迹，偶见古残垣。越沧桑，几多争战。吐谷浑，后裔有留传。今都是中华民族，共享康安。

（二〇〇四年十一月二十六日）

【评注】

《八声甘州》词牌起于唐。后来柳永写的《八声甘州》中开头一句是"对潇潇暮雨洒江天"，因而此词牌又名《潇潇曲》。曲牌也有《八声甘州》。作者这首词写的是隆冬去青海湖的感受。戎、羌、吐谷浑，都是历史上曾活动在青海一带的少数民族。当地人说现在的土族是吐谷浑的后代。

蝶恋花·出席政协会议

盛会迎春天亦悦，风静花香，满座多英杰。南北西东来政协，民情国是都关切。　　热烈话题天海阔，高论深谋，实事真心说。智慧源泉从不绝，建言广纳成雄业。

（二〇〇四年十二月二十二日）

【评注】

《蝶恋花》词牌起于唐，早期名为《鹊踏枝》，晏殊后始有此名，后又有《卷珠帘》等别名。这个词牌并不要求一定用入声韵，当然用入声韵也可以。这首词用了词韵第十八部的入声韵，可能是为了就乎政协的"协"字。但选字很谨慎，使习惯于现代普通话的人读起来也感觉押韵。

画堂春

今年瑞雪早迎春，诸多喜事临门。稳增过九好新闻，更国泰民殷。　　化解内忧外患，神州自有能人。贤才调鼎付艰辛，赖日夜忧勤。

（二〇〇五年十二月三十日）

【评注】

《画堂春》词牌，最早见于收集秦观作品的《淮海集》。"稳增过九"是指那年全国GDP增长超过9%。

读人物传有感

人生代谢转如轮，
各领风骚几度春？
只手遮天孰能久，
远看青史近听民。

（二〇〇五年一月二十九日）

飞雪凝望

飘飘鳞甲尽朝东，
何事忽而方向同？
广宇迷茫疑幻境，
江山素洁赖天功。
已笼大地沉沉睡，
犹撼枯林阵阵风。
岂有尊威长独领，
春来积雪又成空。

（二〇〇五年二月二十三日）

清谈

过去是名家，
高谈至日斜。
内容无巨细，
免费饮清茶。

（二〇〇五年二月二十七日）

【评注】
诗中说的是某次出席政协会议，会间与几个名人饮茶闲聊的情景。

长春之夜

忽觉时空远，

不知何处身。

春城风细细，

夏夜雨频频。

暗树摇窗影，

朝霞醒梦人。

繁华和寂寞，

孰幻孰为真？

（二〇〇五年三月七日）

浣溪沙

梦里情形险又凶，　幸而醒后尽无踪，呆看窗外杏花红。　　现实几多灾与苦，何能如梦亦成空，依然无事沐春风。

（二〇〇五年三月十五日）

【评注】

《浣溪沙》，起于唐时的词牌。"沙"也作"纱"。此词牌有很多别名，如《浣纱溪》《小庭花》《满院春》《广寒枝》等。这首词说的是一个梦。人们常叹人生如梦，但一些灾难、坏事却并不是梦，而是真实的存在。

三月

浮沉看古今，

无意是光阴。

桃李千枝艳，

迎春一片金。

诡谋藏暗处，

公道在人心。

回首观风雨，

落英何处寻？

（二〇〇五年四月二十四日）

【评注】

"无意是光阴"，是说不管古今多少是非、浮沉，光阴却一直在无心无意地流逝。

西郊园林

故林又到夏炎时，

处处芳菲处处诗。

偶见覆巢剩完卵，

寻常茂树杂枯枝。

百花开谢岂无意，

万物荣衰似有知。

何必忧心来岁事，

自能没膝草参差。

（二〇〇五年六月十三日）

【评注】

　　诗写的是重游一个园林的感想。常言覆巢无完卵，但却偶然看到覆巢之下仍有完卵，而另一方面还发现茂密的大树上也有枯枝。这些细节有哲理性。

云台山

乐山乐水两相宜，
飞瀑鸣泉步步诗。
躲进太行深莽处，
天生丽质少人知。

（二〇〇五年六月二十九日）

【评注】

河南云台山有"三步一泉，五步一瀑，十步一潭"的美誉，据说属太行山余脉。不少景点是新开辟的，过去知道的人不多。孔子说过"知（智）者乐水，仁者乐山"的话，因此这首诗开头就说，不管是乐山的还是乐水的，来这里都适宜。

吊殷墟

草房疑是商时殿，

洹水万年还绕流。

甲骨文奇贵能解，

殷人迹远可探求。

史遗妇好英雄事，

墓现兵戈征战愁。

华夏繁荣非昔比，

临墟遥想溯源头。

（二〇〇五年七月一日）

【评注】

　　"草房"是指殷墟宫殿宗庙遗址的仿古建筑。洹水，即安阳河，又名洹河，是古老的河流，在甲骨文中就有记载。在安阳殷墟发现的甲骨文，是世界上唯一被破译的远古文字。古埃及文、古印度文、亚述锲形文字虽已发现但无人能解。"妇好"是商王妃、女英雄，亲自率兵征战，其墓中有许多兵器和酒器。史书对妇好无记载，只在出土甲骨文中有记述。

悼启功

一代书家忽远游，

人间遗墨尽风流。

行行刚劲看添勇，

字字端方赏解忧。

殷望高徒驰境界，

亲传心法作轻舟。

时光逝去辉煌在，

后学回头更注眸。

（二〇〇五年七月五日）

【评注】

中华诗词学会张福有副会长，先写了一首悼念启功的诗，作者和其韵而成此诗。

青岛印象

美新世人赞，
百业竞峥嵘。
沙岸如金岸，
人声杂海声。
楼前皆翠圃，
洋上几长鲸。
雨里崂山望，
水天浑一青。

（二〇〇五年八月三日）

【评注】
"长鲸"喻停在海上的巨轮。第一句和第八句的平仄运用变格。

蓬莱

三山何处是？

缅史访蓬莱。

海际云霞幻，

天边洞府开。

情迷缘所欲，

心往自徘徊。

千载神仙梦，

疑乘叠浪来。

（二〇〇五年八月五日）

【评注】

　　"三山"，古谓海上有三座仙山，名方丈、蓬莱、瀛洲。
"洞府"，古人称神仙所居之处。"情迷缘所欲"是说人们总是
容易相信所希望的事情。

少年游·烟台

　　隐听海浪击长堤，花蔓上高篱。绿草萋萋，红荷挺挺，林径暗依稀。　　风和人静云天碧，小睡日斜西。寂寞繁华，俱非永久，往事莫重提。

（二〇〇七年八月七日）

【评注】

这首词是作者住烟台东山宾馆休假时所写。

满江红·纪念抗日战争

　　烽火当年，山河碎，疮痍满目。侵略者，鲸吞东北，长驱内陆。烧杀抢光恣兽性，掠攻占后狂屠戮。古神州，此刻最危机，如天覆。　　同仇忾，倭寇逐，炎黄胄，焉能辱。遍长城内外，战旗高矗。四亿吼声惊敌胆，五千年史昂扬续。发雷霆，终灭法西斯，开新局。

（二〇〇四年九月十八日）

【评注】

　　词牌《满江红》有仄韵平韵两体。平韵体极少用，据知只有宋人姜夔写过。仄韵体多用入声韵。这首词用的是词韵第十五部。

收到老友手机短信

久别意犹浓，
真情溢语中。
谁云天变冷，
十月有春风。

（二〇〇五年十一月十五日）

痛悼仲夷

仰止高山忽仙去，
音容犹忆圣贤风。
战争酷烈忠如铁，
改革艰难气似虹。
誉满人间非刻意，
业留后世不居功。
凤凰花落红盈地，
万物无求亦敬翁。

（二〇〇五年十一月十五日）

【评注】

作者得知任仲夷老领导病重，当天飞抵广州，见到一面。尚能握手示意。任老病逝后，作者当晚写就此诗。凤凰花，一种高大的乔木花卉。

太常引·园中雪

晓惊厚雪满园中，素裹了青松，玉掩了芳丛，曙晖映，琼鳞舞风。　　世间冰雪，大同小异。极地看冰凇，瑞士赏银峰，何须羡？晶莹在胸。

（二〇〇六年二月一日）

【评注】

《太常引》，词牌名，亦名《太清引》《腊前梅》。

念旧时

曾记偕游南海滨，
满怀壮志涌思新。
而今事异佳人杳，
又是红棉几度春。

（二〇〇六年二月四日）

【评注】

中华诗词学会副会长张福有寄诗给作者，《江城雅集》："每忆江花松水滨，一川清气满城新，关情岂独绿杨柳，眼底寒光心上春。"他用的是朱熹《春日》的原韵。作者也步其韵作此诗。

阅信

闲斋闷听北风鸣，

偶拆鸿书字字惊。

刻骨无非故乡梦，

铭心最是少年情。

垂垂老去尤怀旧，

久久分离未忘名。

遥望南天如隔世，

飘然落案雪花轻。

（二〇〇六年二月二十一日）

【评注】

　　作者忽然收到五十多年杳无音信的中学同学来信，并寄来当年合照，读之感慨，乃赋此诗。

端阳

时到端阳草木春，
年年万众祭诗人。
问天一哭惊今古，
求索千般泣鬼神。
虽恨君昏仍爱楚，
更忧国破竟捐身。
世间多少难平事，
切记汨罗无渡津。

（二〇〇六年三月十二日）

【评注】

屈原怨恨楚国君昏臣佞，但并不因此否定自己的国家，而是始终热爱楚国。这位被放逐的大诗人当得知楚国都城被秦国攻破时，竟投汨罗江自尽。诗中说，世间难平的事很多，自杀并不能解决问题。"问天""求索"都是屈原诗里的话。

访九华山

群峰古老草花新，

水净林深鸟语频。

蓝若丛丛崇地藏，

禅声袅袅入天垠。

佛因山好佛停步，

山借佛名山亦神。

苦难非唯鬼中有，

犹须菩萨救生人。

（二〇〇六年四月八日）

【评注】

九华山是中国四大佛教名山之一。据文献记载，地藏菩萨到此，选中此山为道场。地藏菩萨要拯救鬼魂脱离地狱苦难，曾发下"地狱不空，誓不成佛"的宏愿。蓝若，此处指寺庙。

黄山

太白曾游未留字，

岂因惊艳忘为辞？

丽姿笼雾层层画，

秀面飘纱处处诗。

一阵涤尘润花雨，

千条飞瀑挂银丝。

黄山有景皆奇美，

信步行来总叹之。

（二〇〇六年四月十日）

【评注】

据介绍，大诗人李白也曾到过黄山，却未留下诗句。

最高楼·小桃红

春讯送，最早小桃红，寒里展芳丛。枝条细细花开满，容颜静静笑朦胧。雨和晴，谁管得，总匆匆。　　曾爱作、梅荷桃李颂，转恋那、山川风雨梦。时易也，旧怀空。伊人往事都行远，激情执着已无踪。阵花飞，飘倩影，几重重。

（二〇〇六年五月三十日）

【评注】

《最高楼》，词牌名。小桃红，一种花卉灌木，学名榆叶梅，又名鸾枝，春天开花很早。

登月牙泉鸣沙山

清泉荒漠两相安，
红柳疏疏夕照残。
特访鸣沙登绝顶，
下山容易上山难。

（二〇〇六年五月三十日）

【评注】

月牙泉鸣沙山在甘肃省敦煌市。有句俗话"上山容易下山难"，诗的最后一句反其意而用之，这也反映了鸣沙山的特点。

莫高窟怀古

远望黄沙无尽头，
孤云天际幻琼楼。
后人欲探前朝迹，
大漠中寻小绿洲。
穿越时空千态美，
历经战乱百年愁。
洞中旧事今何在？
游客匆匆似水流。

（二〇〇六年六月二十三日）

【评注】

莫高窟中千姿百态的雕塑和壁画，有些表现的是当时真实的人物和故事，看了发人遐思。诗的颔联巧对，每句的第一字和第五字用反意词。

天池遐思

碧落骄阳互映谐，

数峰远眺素皑皑。

瑶池春水清如酒，

雪岭云杉净绝埃。

雾绕长春金观寂，

霞飞王母玉筵开。

西山可记穆天子？

盛事茫茫不再来。

（二〇〇六年六月二十六日）

【评注】

诗里写的是新疆天池，又名瑶池。《穆天子传》记载，王母曾在瑶池宴穆天子，约定三年后再来，但再也没来。李商隐有句："八骏日行三万里，穆王何事不重来？"天池边的山上还有元朝时长春真人丘处机所建道观。

克拉玛依生态林

密林如海望无垠，

挡住风沙留住春。

谁使荒原变仙境？

最能奋斗克城人。

（二〇〇六年六月二十八日）

喀纳斯湖遇雨

山上奇湖喀纳斯，
云杉列岸雨如丝。
野花遍地莺声醉，
放眼看来都是诗。

（二〇〇六年六月二十九日）

【评注】
喀纳斯湖位于新疆维吾尔自治区阿勒泰地区布尔津县境内。

天仙子·七夕感牛女

宇静星稠银汉迈，
牵手天仙携最爱。
远离长别不须哀，
流光快，如约届，
爱到永恒情不败。

（二〇〇六年七月三十日，阴历七月初七）

【评注】
《天仙子》，词牌名，起于唐，又名《万斯年》。文学作品提到牛郎织女多哀其久别，该词立意相反。"如约届"，每年都能如约相会。

人月圆·中秋

　　夜深独望中秋月，寂寞感高寒。白云几缕，蓝空无际，何处仙媛？　　灿然笑靥，飘然倩影，完美婵娟。韶光恨速，芳华憾远，诸事如烟。

（二〇〇六年十月五日）

【评注】
　　《人月圆》，词牌名，又名《青衫湿》。有多种体例，此为常用的一种。

海南行

往事旧朋随兴聊，
晚来小聚品香醪。
风吹夜树扰人睡，
月上中天伴梦翱。
荒院凝神听鸟语，
海滨闲坐赏流涛。
何时再见芳菲国？
浮世重逢有几遭。

（二〇〇六年十月九日）

蝶恋花·无雪之冬

　　衰草枯枝光秃地，无雪之冬，何处寻诗意？寒雀掠空来去悸，疾风吹叶回旋起。　　素裹山川犹可忆：琼玉漫天，自在飘无际。至美从来唯梦里，残园几树青松立。

　　　　　　　　（二〇〇七年一月二十七日）

【评注】

　　叹无雪之冬的萧索，忆大雪之日的壮观，结于"至美从来唯梦里"。实际上，最美最美的景，只存在于心里。

浣溪沙·迟雪

　　大雪迟来亦可观，山河一统换新颜，纷纷洒洒未阑珊。　　万朵银花飘落地，千条玉片舞升天，最终都是落平川。

　　　　　　　　（二〇〇七年一月三十一日）

玉楼春·观鹅毛大雪

纷飞玉片何时歇？埋没关山无径越。一望四野尽朦胧，万水千山唯凛冽。　　天生世界多残缺，人更污伤添祸孽。廓清浊恶苦无方，顿洁乾坤唯此雪！

（二〇〇七年二月十三日）

除夕杂感

一年更比一年新，
总觉情浓是旧人。
世上岂能无势利，
心中不可少精神。
似烟似雾茫茫雪，
如玉如银片片珍。
除夕忙过尽添岁，
并非你我独增春。

（二〇〇七年二月十七日）

【评注】
这是丁亥年除夕回诗友的和韵诗。

与会杂想

南来椰岛今何遇？

趣事新闻与旧知。

云朵乘风飘似梦，

波涛扑岸叹如诗。

常思假话非当讲，

直吐真情辄不宜。

此地花开繁且早，

动人更在美而奇。

（二〇〇七年五月二十六日）

【评注】

诗写的是去海南开会所见所想。旧相识见面，通常聊些新闻和趣事，也是常情。"常思假话非当讲，直吐真情辄不宜。"道出了人们常有的心态。周笃文、张福有等诗人对此诗有和。

五月登庐

无风无雨上庐山，

回首峥嵘岁月艰。

别墅非新藏史话，

险峰依旧笑人寰。

阴差阳错千秋事，

兴败浮沉一瞬间。

几处杜鹃红似火，

时闻深涧水潺潺。

（二〇〇七年五月二十七日）

【评注】

　　首句反用唐人钱起咏庐山"咫尺愁风雨"诗意。庐山有许多别墅，有蒋介石宋美龄住过的，有毛泽东住过的，有周恩来住过的，有彭德怀住过的，等等，里面藏着很多历史故事。

寻滕王阁

原址难寻屡重建，

滕王阁序越千年。

莫叹李广冯唐事，

且赏落霞孤鹜篇。

涛涌赣江风雨后，

月明春夜彩云前。

中枢今有双星耀，

人杰地灵尤信然。

（二〇〇八年九月二十九日）

【评注】

滕王阁，历代重建多次，唐时原来的位置已无准确考证，只有王勃的《滕王阁序》千年流传。李广冯唐、落霞孤鹜、人杰地灵，都是《滕王阁序》里写到的。"中枢今有双星耀"，是说当时中央政治局九位常委中有两位是江西人。

贺中华诗词学会成立二十周年

学会从来诗客家，

妙龄二十正芳华。

英才佳作频频出，

优伍强刊个个夸。

怀古怀今谈国事，

写山写水话桑麻。

花开再借东风力，

似锦前程映彩霞。

（二〇〇七年一月三十一日）

我的玫瑰

馥者常贫色，

艳花多不香。

玫瑰兼两胜，

美丽又芬芳。

（二〇〇七年六月十日）

【评注】

这是给一幅玫瑰花照片的题诗。

江城子·赴衡阳诗会

　　秋飞疑作雁南翔。跨河江，越潇湘，湖岳苍茫。片刻到衡阳。寄语无须凭雁足，传短信，发华章。　　与时俱进惜韶光。国隆昌，老冯唐。转眼沧桑。又遇雨滂滂。烦事常来忘即淡，耘小圃，赏芬芳。

（二〇〇七年九月十九日）

【评注】

　　"秋飞疑作雁南翔"，秋天乘飞机去衡阳，疑惑自己像大雁一样向南方飞去。古来关于雁和衡阳的诗句有很多。

生死

满池红艳映空莲，
一夜凋零雨雪前。
夭寿人生差几许？
安危性命本来悬！
辉煌事业天中势，
寂寞心灵月半弦。
贵贱贤愚皆有死，
仰苍不愧即千年。

（二〇〇七年十月二十二日）

【评注】

周维莲是四川省人大财经委原主任，去贵州途中遇车祸。张福有写了《悼周维莲同志》："无端霜剑向秋莲，玉立清姿在眼前。翠盖支离嗟不造，苍蓬丰满吊空悬。鹧鸪阵阵非神曲，杜宇声声是绝弦。人去难知身后事，濂溪悲处恸年年。"这首诗是和张福有的。诗里道出了涉及生死的一些哲理：长寿短寿也差不了多少，辉煌者心里也有寂寞，生命本来是脆弱的，都很悬。做一个无愧于苍天的人，就等于活了一千年。

西溪荡舟

正是西溪最美时，
石桥夕照映涟漪。
芦花似雪摇生浪，
修竹成行列作篱。
水静偶闻舟荡橹，
草深时有雁吟诗。
杭州湿地人知少，
原始风光处女姿。

（二〇〇七年一月三十一日）

【评注】

西溪是位于杭州市区西部的湿地公园，距西湖不远。

天仙子

海涌长波冲阔岸，椰树残阳风已倦。南来纵
论会匆匆，烦事乱，且不管，静听涛声盈耳畔。

（二〇〇七年十一月二十日）

【评注】

词牌《天仙子》，有几种体例，单调、双调都有，这里用的
是单调。这首词是作者在海南出席一个研讨会时写的。

更漏子·十月广东行

雨乍停，风也静。绿水败荷云影。多少事，
憾难成。日闲登小亭。　　　清睡冷，残梦醒。窗
外岭南秋景。叹旧友，半凋零，如烟昨日情。

（二〇〇七年十一月二十六日）

【评注】

《更漏子》，词牌名，平仄韵转换。平韵和仄韵并不要求一
定在一个韵部里。这首词用了一个特殊技巧，读起来好像一韵到
底，增加了流畅感。著名诗人周笃文看了这首词评价说："几多
感喟，出以婉约之笔，令人一唱三叹！"

冬晚

檐下寂听寒雀啾，
举头圆月上东楼。
爱观积雪玉肤美，
也赏枯枝倩影柔。
知福方能留福在，
随缘始可有缘投。
谁言冬日无佳色，
素野琼山入梦游。

（二〇〇八年一月十六日）

戊子春节杂感

偶得琼浆莫自斟，
良朋不遇五湖寻。
思飞南国温馨忆，
雀噪夕阳孤寞心。
大野春来仍裹素，
小楼日晚独登临。
时移事易随缘渡，
从善无须候妙音。

（二〇〇八年二月六日除夕）

忆江南·残梦

当时景，淡淡梦魂萦。大树参天临碧水，飞花馥郁满园庭。闲步屡闻莺。　　云天望，无尽似征程。疾雨雷霆倾刻过，钧天广乐隐然听。喜见晚霞明。

（二〇〇八年九月二十九日）

悼念长白山诗社老社长强晓初

忆昔诗刊草创初，

扶苗浇灌赖耕锄。

枝枝春艳香流远，

树树秋成叶影疏。

革命一生功德满，

人难百岁奈何如？

今逢强老佳辰祭，

遥拜西山高士庐。

（二〇〇八年二月二十七日）

【评注】

强晓初，中纪委原书记，上世纪八十年代初任吉林省委第一书记时大力支持诗词文化，任长白山诗社社长，并创办期刊《长白山诗词》。这首诗步张福有诗原韵。张福有原作《悼念强晓初先生》："又是仲春怀晓初，养根斋里动吟锄。　名颂长白扶刊刻，韵领大荒尝著疏。　入定明空知物象，保安奇境颂真如。　永生乐土歌盈耳，更有心声祭寝庐。"

贺周汝昌、霍松林大寿

（和笃文韵）

大树参天世少双，
芬芳远播水流长。
恭望泰斗期颐寿，
齐享先生日月光。
曾踏红尘扶俊彦，
岂图青史赞冯唐。
鸿儒硕学贤声著，
惠及文坛百代昌。

（二〇〇八年三月十二日）

早春客京

正逢节令替交时，
晨起远观星斗移。
春讯迟迟枯草地，
初花荦荦小桃枝。
芳华逝去浑无意，
影绪飘来尚有诗。
旧日良朋几人在，
南风吹树绿参差。

（二〇〇八年三月十二日）

【评注】

此时正逢"两会"召开，又是换届，人事变动大，许多老朋友退了。可能也有感于此吧。

贺吉林省诗词学会成立

今日群英聚咏坛，

欣逢北国杏花天。

千排芳卉无分等，

一列瑶池尽是仙。

路有崎岖谁免得，

胸怀诗气自超然。

九州贵客齐来贺，

姹紫嫣红月也圆。

（二〇〇八年四月二十一日）

【评注】

这首贺诗写于四月份，各地贺信贺诗也早就收到了。但由于种种原因，吉林省诗词学会到9月才正式举行成立大会。

记桂林诗碑落成

翰墨千秋事，

漓江五月天。

闻雷惊夜梦，

冒雨上蜂巅。

洞里游诗国，

崖间赏妙联。

人生高境界，

谈笑共群贤。

（二〇〇八年五月八日）

【评注】

桂林穿山有一个巨大岩洞，里面刻了当代一些诗人的作品。作者和沈鹏、刘征、周笃文、陈平、刘育新等很多人出席了揭碑仪式。揭碑那天下着雨。

感桂林雅会

仙山缥缈雾云遮，
玉阙朦胧隔幔纱。
暂却人间烦恼事，
且从笔下舞龙蛇。

（二〇〇八年五月十日）

【评注】

这首诗是为和沈鹏《桂林途中》而作。沈鹏原诗是："微雨蒙蒙雨幕遮，山城故事隐轻纱。车回路转云开处，跌宕奇峰龙战蛇。"

舟中唱和

高朋相约泛漓江，
舷侧时闻浪击窗。
即兴唱酬皆子建，
雅情不负景无双。

（二〇〇八年五月十一日）

【评注】

作者与刘征、沈鹏、周笃文及陈平、刘育新等在漓江同舟，此为唱和之作。

忆江南·漓江好

漓江好，五月正芳菲。流水如歌山似梦，主
人情重酒盈杯。留恋直忘归。

（二〇〇八年五月十五日）

德天瀑布

水出云崖天涌潮，
无分国界任流飘。
声如奔马三千阵，
势若悬河八百条。
波击岩岗飞细雨，
雾笼溪壑起虹桥。
眼中奇景心中幻，
词藻丹青岂可描？

（二〇〇八年五月十六日）

【评注】
德天瀑布位于广西大新县归春河上游之德天村。瀑布群跨越
中国和越南边境。

吊汶川大地震

摇撼山川震迤逦，
奇灾转瞬降中华。
生灵涂炭哀千里，
瓦砾埋城毁万家。
救有军民穷地角，
爱无贫富遍天涯。
人心凝聚八方赞，
多难兴邦信不差。

（二〇〇八年五月二十一日）

解语花·感落英

春风几度，细雨千条，成就缤纷美。秀枝满缀。春光里，红白粉黄蓝紫，芬芳旖旎。黄昏后，小园门闭。东月升，一刻千金，夜谧娇花醉。　　梦醒阵风骤起。忽落英片片，飞天飘地，似云如翳。漫空舞，今得自由翱历，离枝亦喜。无滋养，自持鲜丽。休叹吁，斯样芳华，堪与枝头比。

（二〇〇八年六月二十二日）

【评注】

《解语花》，词牌名。"解语花"这个说法，最早来源于唐玄宗对杨贵妃的称赞。

登长白山晚行

天池神秘水奇清,
十里遥闻瀑布声。
径曲穿林寻胜迹,
云深迷野失归程。
青山不老客先老,
白桦无情人有情。
阵阵仙风吹欲醉,
登高一望晚霞明。

(二〇〇八年七月二十八日)

西江月

命运最难猜度,流光不易衡量。欲飞银汉路
茫茫,想见云涛浩漾。　　网上千般旖旎,梦中
一片凄凉。奇思虚拟又何妨?暂释心潮奔放。

(二〇〇八年八月七日)

蓝景别墅

白桦林中曲径幽，
时闻早起鸟啁啾。
旅人陶醉浑忘我，
不觉山中岁月流。

（二〇〇八年八月十一日）

【评注】

　　作者多次谈起全国诗书画名人长白山采风的事。参加采风的有周笃文、杨金亭、赵京战、陈平、刘育新、张梅琴、蔡世平等，主办方同行的还有张福有、刘庆林等。下面几首诗都是在这次活动中写的。"蓝景别墅"在长白山下一片白桦林中。诗的最后一句隐含"山中方七日，世上已千年"的意境。

近观长白山瀑布

漫天尽洒雨和烟，
昼夜风雷激浪翻。
银汉谁倾一注水？
流来化作大江源。

（二〇〇八年八月十二日）

【评注】

长白山瀑布流出的水，是松花江的源头。

登长白山南坡

南坡久仰未曾逢，
奇境亲临绝不同。
十里山花天地色，
千年峡谷鬼神功。
时移事异思当变，
路转峰回阻亦通。
多少流连忘返客，
回头屡望恋葱茏。

（二〇〇八年八月十二日）

【评注】

以前游长白山多登北坡，后又有上西坡的。南坡是新开的景点。诗的颈联，有引伸的含义，不止是讲这次登山。

醉花阴·叹天池难见

贵在时常看不到，总是阴云绕。绝世美佳人，蒙面轻纱，岂可随心撩？　一时三变天池貌，未见无须恼。静静待云开，惊艳机缘，在巧非关早。

（二〇〇八年八月十二日）

【评注】

长白山天池经常云雾缭绕，似蒙面纱，气象变化多端，一会儿阴一会儿晴。许多游人因看不到天池真面目而遗憾。

再访集安

楼高林密水如蓝，

今日集安非旧谙。

鸭绿江边美钻石，

火红塞外俏江南。

古城千载去焉远，

后事万般来者担。

欲写新姿寻好句，

苦思不觉二更三。

（二〇〇八年八月十七日）

【评注】

　　集安市在吉林省东南部，隔鸭绿江与朝鲜相邻。有"鸭绿江边的钻石"、"塞外江南"等美誉。境内高句丽古城遗迹，有两千多年的历史。

木兰花·中秋

　　晚凉天静中秋到，星淡月明花靥笑。佳人已远隔迢迢，犹信婵娟情不老。　　昨天学会新成了，躲进诗园寻异宝。浮生何患少风骚？梦里神游醒未晓。

（二〇〇八年九月十四日）

【评注】

佳人，泛指。学会，指当时刚成立的吉林省诗词学会。按《木兰花》词牌要求，上阕和下阕的第三句都不必押韵。这首词也用了平声韵字，这样读起来觉得更流畅些。

中秋忆改革

普天欢乐又中秋，

回首当年百事愁。

改革艰难难在始，

风云谲变变无休。

莫叹铺地芳英落，

应喜盈枝硕果留。

发展已登高速路，

继望来者绣金瓯。

（二〇〇八年九月十五日）

【评注】

这首七律是中秋假日期间，作者应约为纪念改革开放三十年而写。